Joseph Israël Tarte

Le programme libéral réfuté

Les leçons de l'histoire pour les électeurs de la province de Québec

Antigonos

Joseph Israël Tarte

Le programme libéral réfuté

Les leçons de l'histoire pour les électeurs de la province de Québec

Réimpression inchangée de l'édition originale de 1879.

1ère édition 2024 | ISBN: 978-3-38815-994-2

Antigonos Verlag est une marque de Outlook Verlagsgesellschaft mbH.

Verlag (Éditeur): Outlook Verlag GmbH, Zeilweg 44, 60439 Frankfurt, Deutschland, info@outlook-verlag.de
Vertretungsberechtigt (Représentant autorisé): E. Roepke, Zeilweg 44, 60439 Frankfurt, Deutschland
Druck (Imprimerie): Libri Plureos GmbH, Friedensallee 273, 22763 Hamburg, Deutschland

LES LEÇONS DE L'HISTOIRE

POUR

Les Electeurs de la Province de Québec

------·------

LE

PROGRAMME LIBÉRAL RÉFUTÉ

PAR

J. ISRAËL TARTE,

Lieutenant du Chef Rouge.

QUESTION DES ECOLES.

Ce sont de bien drôles de gens, les li
béraux. Leur inconséquence, leur versa
tilité, leur inconstance, leur manque d
bonne foi et de sincérité sont tels, qu'il
n'ont jamais été capables d'adopter un
programme stable, propre à leur durer
au moins dix ans, de le poursuivre et
de le développer sans de continuels
changements et métamorphoses, à tel
point que, au bout de quelques années
ils en arrivent fatalement aux antipodes
de leur point de départ et se contredi-
sent cyniquement.

A vrai dire, ils n'ont jamais eu de
programme arrêté, et leurs contradictions évidentes et très réelles, pourtant,
n'ont presque toujours porté que sur les
théories les plus spéculatives. Témoins,
leurs changements à vue : libre-échang
en 1873, 78 et 82 ; Union commercial
avec les Etats-Unis, en 1887 ; Réicpro-
cité limitée, en 1891. Si bien que le peuple, incapable de les comprendre, 'a
jamais su, depuis tantôt vingt ans, ?
ter confiance en eux.

Il semblerait que cette aisance avec
laquelle ils changent leur fusil d'épaule
cette facilité à modifier, détruire, res
susciter leurs projets de programme,
devraient leur fournir un champ d'ac-
tion assez large pour leur épargner les
flagrantes contradictions.

Il n'en est rien, pourtant, et nous allons le prouver par la simple citation de
leurs personnelles opinions émises dans
la presse ou sur les tréteaux depuis
vingt ans.

M. Tarte et son "Canadien" vont particulièrement nous rendre de précieux
services à cet égard. En voilà un rouge
qui a varié si souvent qu'il ne se rappelle
sans doute plus les mutiples positions
qu'il a prises et défendues, avec un sem
blant de conviction, aux diverses épo-
ques de sa carrière politique—qui s'a
chève et va s'enterrer dans le comté de
Beauharnois.

Nous nous proposons de les lui rappeler, avec documents à l'appui. Il aura
ainsi l'occasion d'expliquer ses tours d'é-
quilibriste. Pour ses collègues en rou-
gisme, cela leur fournira une opportuni-
té nouvelle de sonder la vertu du "cher
lieutenant" et de se rappeler eux-mêmes
à la fois, leurs vieux péchés politiques
qu'ils pouvaient croire oubliés et dont
ils auront encore à se justifier, avant
que le peuple ne les gobe.

QUESTION DES ECOLES

Maintenant, un peu des contradictions de M. Tarte, et de tout le parti
rouge, sur l'importante question des
écoles séparées de Manitoba.

On sait avec quelle furie de sectaires
tous ces bons apôtres-là, depuis le chef
Laurier jusqu'au petit mitron Choquet-
te, en passant par le "vaillant lieutenant" Tarte, s'opposent aujourd'hui à
l'intervention du Parlement fédéral,

sous prétexte de respect de l'autonomie des provinces et autres balivernes de cette sorte : sous la dictée de leurs alliés "grits".

Nous allons voir combien M. Tarte méprise ces prétextes, et avec quelle verve il en faisait fi, encore récemment. C'est au "Canadien" du 10 décembre 1890 que nous empruntons ce qui suit :

"Que l'on ne vienne pas nous parler "de l'autonomie des provinces et de leur "droit de légiférer à leur gré sur tous "les sujets. Les provinces ne sont pas "libres d'outrepasser les limites que "leur assigne la Constitution, et la Lé-"gislature du Manitoba n'a pas plus le "droit de mettre de côté un acte du "Parlement fédéral que ce dernier n'a "le droit de mettre de côté un acte im-"périal. Il ne s'agit pas ici d'une ques-"tion de race, c'est une simple affaire "de droit écrit, un traité, une conven-"tion. Et il n'est pas à supposer que le "droit cesse d'être le droit, que les "traités cessent d'être des traités, que "les conventions cessent d'être des con-"ventions, parce que telle race ou telle "autre est en cause."

———

Le parti libéral, et M. Tarte parmi les plus lancés de tous ces blagueurs, essaie de se justifier d'avoir voté l'enterrement du bill Réparateur, en criant qu'il a son petit spécifique à lui seul pour débarrasser le pays de la difficulté manitobaine. Et ce spécifique n'est rien autre chose qu'un arrangement de famille, qu'il se vante d'être seul capable de faire, avec ce bon gouvernement grit-libéral Greenway. Or, le petit arrangement consisterait à obtenir de cette fanatique administration un "modus vivendi" quelconque, pour la minorité catholique, dont celle-ci devrait se contenter, bon gré mal gré, et qui, en dépit de préparer à la dissolution.

son insuffisance, pourrait encore fort bien ne durer que le temps d'asseoir un ministère rouge à Ottawa. Et après cela, persécution rouverte comme de plus belle—on connaît la bonne foi et les excellentes dispositions de Greenway, Sifton, Martin et consorts, à l'égard de la minorité catholique — et plus de garanties dans l'intervention fédérale, dont le principe aurait été vendu à jamais, pour un plat de lentilles, par MM. Laurier, Tarte, Charlton, Mills, Cartwright, etc.

Voilà ce qui arriverait infailliblement Or, M. Tarte, qui prône aujourd'hui ce système de fatales concessions, le condamnait d'avance quand il écrivait ce qui suit, dans le "Canadien" du 28 octobre 1892 :

"Ce qu'il faut donc, quoi qu'il en coûte,—c'est de REGLER POUR TOUJOURS CE DANGEREUX LITIGE.

"Le Parlement ne peut pas infirmer le jugement du Conseil Privé ; mais il peut parfaitement rendre plus clairs les termes de la Constitution du Manitoba. Il a toujours été dans l'esprit de celle-ci que la minorité ait ses écoles séparées : la lettre seule est obscure : qu'on la rende lumineuse.

"Qui fait les Constitutions a le droit de les défaire et surtout le devoir de réparer les erreurs, les omissions ou les exagérations qui ont pu être commises en les rédigeant.

"Si l'esprit de parti ou la crainte des fanatiques sont tels dans ce pays que nos hommes d'Etat craignent de faire un acte viril, eh ! bien, c'est à nous faire douter du droit de jouir d'un gouvernement responsable.

"Les hommes sages des deux partis devraient s'entendre sur une question de justice et ne songer qu'à l'avenir de la grande communauté canadienne que de semblables querelles affaiblissent, et

"Y a-t-il trop de politique dans ce pays-ci pour qu'il soit possible de trouver un tout petit terrain neutre où l'on débattrait les questions de simple équité."

———

'Au reste, les contradictions d'aucune espèce n'ont jamais gêné M. Tarte. On sait comme il vient de faire fi des remontrances faites par les représentants autorisés de la minorité manitobaine notamment MM. Bernier et Prendergast, pour suivre, avec entêtement la néfaste politique de son chef Laurier On sait combien haut il prêche à présent que l'intervention fédérale dans les affaires de Manitoba serait un mal inadmissible. Avec ces notions, lisons les lignes suivantes, pour être édifiés sur le caractère de cet homme. Elles paraissaient, sous la responsabilité de sa signature, dans le "Canadien" du 26 juillet 1892:

"Le cabinet Greenway a remporté les "élections au Manitoba. C'était facile à "prévoir, car il avait, au fond, les sym- "pathies des anglais des deux partis "dans la Puissance, à cause de son at- "titude sur la question des écoles sé- "parées, c'est-à-dire parce qu'IL A LE COURAGE DE VIOLER LA CONSTITUTION AU DETRIMENT DES CATHOLIQUES ET DES CANADIENS-FRANCAIS SURTOUT.

"Il a eu du fil à retordre, mais non à "ce sujet. Ses adversaires, au point de "vue des nôtres, ne valent pas mieux "que lui, à quelques exceptions près.

"Je suis particulièrement HEUREUX "D'APPLAUDIR AU SUCCES DE "MESSIEURS PRENDERGAST ET "BERNIER. Ce sont deux hommes de "valeur, et ils pourront, malgré les dif- "ficultés de la situation, rendre des ser- "vices à nos compatriotes. Le "Cana- "dien" qui croit savoir un peu ce qui

"se passe là-bas, a vivement désiré leur "triomphe...."

"La décision du Conseil Privé ne se "fera pas attendre.

"Si elle est hostile aux catholiques, le "PARLEMENT DE LA PUISSANCE "SERA TENU D'APPLIQUER LE RE- "MEDE QUE POURVOIT LA CONS- "TITUTION, MAINTENIR DES ECO- "LES SEPAREES AU MANITOBA.

"Si elle est adverse au cabinet Green- "way, celui-ci y résistera, comptons-y. "Dans ce cas encore, l'INTERVEN- "TION FEDERALE S'IMPOSERA.

"L'élection qui vient d'avoir lieu est "donc d'une grande importance pour le "Canada tout entier. Elle semble être "le prélude certain d'une agitation ba- "sée sur les passions religieuses et na- "tionales.

"Nos compatriotes ont pour eux le droit et la loi.

"J. ISRAEL TARTE."

———

M. Tarte, avec toute la séquelle rouge, proclame et redit sur tous les tons que l'intervention fédérale à Manitoba serait le plus grand des malheurs, qu'il vaut mieux accepter de son ami Greenway n'importe quel compromis plutôt que de risquer cette aventure.

Voici en quels termes, dans le "Canadien", du 19 mars 1890, il soutenait précisément le contraire, sous le titre :

L'ACTE DU MANITOBA

"L'acte fédéral du Manitoba, 1870, donne à la Législature de cette province droit exclusif de faire des lois sur l'éducation, mais il décrète qu'elle n'aura pas le pouvoir de porter atteinte aux droits et privilèges reconnus par la loi ou la coutume, au sujet des écoles séparées lors de l'union.

"Il permet aussi un appel au gouvernement fédéral de tout acte de la Législature mettant en péril tels droits ou privilèges des catholiques ou des protestants.

"Le Parlement du Canada se réserve le droit de remédier, par des lois, au refus de la Législature de respecter ces dispositions de la section 22.

"Rien ne nous semble plus clair que la lettre et l'esprit de cet acte constitutionnel de la province du Manitoba. La Législature du Manitoba n'a ni le droit, ni le pouvoir de le violer, et il impose au gouvernement et au Parlement de la Puissance des devoirs impératifs. Le premier est de désavouer tout acte qui porte atteinte à l'existence des écoles séparées et à l'usage de la langue française.

"Toutes les races sont égales devant les lois au Canada. Or, l'Acte du Manitoba est la loi du pays, et nous demandons qu'elle soit respectée. Le cabinet Greenway n'a pas plus le droit de supprimer les écoles catholiques au Manitoba et l'usage de la langue française, que M. Mercier n'aurait le droit de supprimer les écoles séparées protestantes et l'usage de l'anglais dans cette province.

"La position est absolument identique. Les minorités à Manitoba et à Québec ont des droits égaux à l'observance des lois qui les protègent. Il ne faut point qu'il y ait d'hésitation sur ce point.

"Les complications du Manitoba sont les conséquences naturelles de la théorie exagérée de l'autonomie des provinces, théorie que le parti libéral a imprudemment avocassée dans l'unique but d'embarrasser, en diverses circonstances, le gouvernement de la Puissance.

"Le principe vital de la Confédération canadienne est la prépondérance du pouvoir central sur celui des provinces. L'esprit de la Constitution n'a pas été assez affirmé et observé sous ce rapport. Il y a eu trop de concessions de faites aux criailleries et aux préjugés des politiciens de dixième ordre qui trouvent à exercer leur industrie dans l'enceinte des Législatures."

Et dans le même "Canadien", du 3 novembre 1892, M. Tarte disait encore sur le même sujet :

LES CATHOLIQUES DU MANITOBA DEMANDENT JUSTICE

"Le Secrétaire d'Etat du Canada a reçu, de la minorité catholique de la province du Manitoba, une requête demandant que, conformément aux prévisions de l'Acte de Manitoba et de l'Amérique Britannique, le gouverneur-général, en Conseil, ordonne que les droits et privilèges d'avoir des écoles séparées, donnés aux citoyens alors que la province de Manitoba entra dans la Confédération, lui soient rendus.

"Des centaines de signatures couvrent la requête ; Mgr Taché et M. Ewart, C.R., ont signé le document.

"Le Conseil Privé sera obligé de s'occuper de l'appel de la minorité, de par les motifs invoqués, et de décider s'il y a eu, oui ou non, violation des droits de la minorité. Si le Conseil décide affirmativement, LA LEGISLATURE MANITOBAINE RECEVRA ORDRE de rendre à la minorité ses droits et ses privilèges. LA LEGISLATURE SERA OBLIGEE DE S'EXECUTER. Si elle refuse, le Parlement fédéral sera saisi de la question et il appartiendra à la Chambre d'adopter ou de rejeter telle législation qui lui sera proposée par un de ses membres."

Cette législation réparatrice a été dûment proposée aux Communes, le 20 mars 1896, et M. Tarte, toujours logique (!), toujours constant (! !), toujours patriote (! ! !) a voté, avec M. Laurier et deux douzaines d'autres libéraux catholiques français, pour qu'elle fût rejetée...

Et ceci, de plus, dans le "Canadien", du 8 septembre 1892 :

"Notre position, forte par sa valeur intrinsèque, ne peut être attaquée avec avantage aux yeux du monde civilisé. Nous sommes minorité, protégée par la Constitution et des statuts spéciaux, et l'intervention du pouvoir central nous a été solennellement promise pour le lendemain du jour où le recours aux tribunaux, institué par le gouvernement et pour son compte, ne suffirait pas à la revendication de nos droits.

"NOUS REFUSONS DE SORTIR DE CETTE CITADELLE. Que le gouverneur-général en Conseil adjuge sur les requêtes déjà devant lui, et qui vont être suivies d'autres au même effet.

"La législation Greenway eût dû être désavouée. Le Cabinet a eu peur de l'élément fanatique aux élections de 1891.

"Il a promis, advenant un échec judiciaire, l'adoption des moyens mis à sa disposition par la clause 22 de l'Acte du Manitoba.

"Le temps est venu de tenir parole et de rendre justice à une minorité qui ne demande rien autre chose.

"Que le système des écoles séparées plaise ou ne plaise pas à des éléments de la population : telle n'est pas le question. Leur existence fait partie de notre patrimoine politique, national et religieux. Si elles ont des côtés défectueux, il nous appartient à nous seuls de les corriger.

"Que l'on nous dépouille par la violence et la force du nombre de notre droit à nos écoles, si l'on y est résolu et si on le peut. La responsabilité des conséquences retombera toute entière sur les auteurs de cette spoliation.

Quant à obtenir notre consentement, jamais!...

"C'est la faute du ministre de la justice si nous avons à faire face au jugement du Conseil Privé. La grande confiance que son nom inspirait a fait faire des concessions dont l'imprudence est aujourd'hui manifeste.

"Je ne veux pas récriminer. Mon unique but, en rappelant ce fait, est d'expliquer POURQUOI IL NE NOUS EST PAS POSSIBLE DE PRETER L'OREILLE A DES DEMANDES D'ATTERMOIEMENT.

"J. ISRAEL TARTE."

Or, c'est le même Tarte qui devait moins c. quatre ans après, voter le renvoi à six mois et peut-être à toujours du bill Réparateur. C'est encore l'ui, l'ami et le défenseur actuel de Greenway, et de ses étranges façons d'agir, qui publiait ce qui suit dans le "Canadien" du 24 novembre 1892 :

"Une dépêche d'Ottawa que nous publions ailleurs dit que le gouvernement de Manitoba a résolu de ne pas tenir compte des procédés du gouverneur-général en conseil au sujet de la question des écoles.

"Depuis qu'il est entré dans le chemin de la violation de la Constitution, le gouvernement de M. GREENWAY A TOUT MIS DE COTE, SE FIANT, cela est évident, SUR LA FORCE DES PREJUGES QU'IL A PU DECHAINER ET EXPLOITER POUR SE TENIR AU POUVOIR au moyen de la persécution de la minorité

"Nous sommes invités par les organes et les partisans de M. Greenway à accepter comme final le jugement du Conseil Privé, qui ne porte pas sur l'appel aujourd'hui soumis à l'exécutif de la puissance .

"Tant que M. Greenway et ses ami ont cru que le jugement du Conseil Privé leur serait hostile, ils ne se sont pas gênés de dire qu'ils ne s'y soumettraient pas. ILS AGISSENT ABSOLUMENT DE LA MEME FACON A L'ENDROIT DU GOUVERNEMENT FEDERAL."

Le "vaillant lieutenant" Tarte, qui clame aujourd'hui si fort contre l'intervention fédérale en faveur de la minorité manitobaine, est le même qui soutenait la thèse absolument contraire, il n'y a pas encore quatre ans. On ne saurait appuyer trop sur cette extravagance de contradiction.

Il disait, par exemple, dans le "Canadien" du 11 novembre 1892 :

"L'exécutif fédéral est le premier gardien de la Constitution, et c'est EN CETTE QUALITE QU'IL A A INTERVENIR DANS L'AFFAIRE DES ECOLES. Le gouvernement et le Parlement du Canada ont pris l'engagement par l'acte de 1870, de voir à ce qu'un système d'écoles séparées fût maintenu dans la nouvelle province à laquelle ils donnaient l'existence. Entre la population du Manitoba et la Puissance, il ne s'agit pas d'une question de loi : la bonne foi publique est en jeu. Si les organes autorisés de la Puissance, c'est-à-dire le gouvernement et le Parlement du Canada, ont manqué de précision dans la rédaction de la loi de 1870, la minorité catholique en doit-elle souffrir ? Cela exclue-t-il le fait certain, incontestable d'une stipulation distincte, d'un arrangement positif au sujet des écoles du Manitoba ?

"La question politique domine et jette loin dans l'ombre toutes LES TECHNICALITES et LES FINASSERIES AU MOYEN DESQUELLES M. GREENWAY ENTEND RENDRE ILLUSOIRE L'UNE DES BASES PRIMORDIALES DE LA CONFEDERATION, de l'acte de 1870.

Que cet acte soit rédigé d'une manière incorrecte : cela se peut, puisque le Conseil Privé le dit. Mais si tel est le cas, L'INTERVENTION DU GOUVERNEUR-GENERAL EN CONSEIL et au besoin, DU PARLEMENT, S'IMPOSE pour remédier à cette insuffisance."

Comme s'il eût eu la prescience de l'étrange doctrine que M. Laurier commencerait à soutenir peu de temps après, et que lui-même approuverait, à savoir : "QUE LES MINORITES DOIVENT SUBIR LE CAPRICE TYRANNIQUE DES MAJORITES, JUSQU'A CE QU'ELLES LES AIENT CONVAINCUES OU QU'ELLES SOIENT DEVENUES ELLES-MEMES LA MAJORITE—et cela même pour la minorité manitobaine, constitutionnellement protégée,—M. Tarte condamnait dans les termes suivants cette aberration de principes :

"Les journaux qui VEULENT QUE LE NOMBRE PRIME LA BONNE FOI, déclarent hautement que le gouvernement du Manitoba ne se soumettra pas à la décision du Gouverneur-Général en Conseil et du Parlement Canadien. Ce langage ne nous étonne pas. Le "Mail" et ses alliés l'ont tenu avant le jugement du Conseil Privé. Convaincus qu'il leur serait hostile, ils ne se génaient pas de dire qu'ils n'en tiendraient nul compte. Il importe que les sentiments de ces sectaires soient bien connus. La paix, l'harmonie, les intérêts de la Puissance ne sont rien à leurs yeux. ILS SONT LES AVOCATS ET LES APOTRES DE LA DESTRUCTION NATIONALE.

"Ma ferme croyance est qu'il se trouvera aisément dans la Chambre des

Communes un nombre d'hommes plus que suffisant pour rendre justice à la minorité, maintenir intacte la bonne foi de la Puissance et inspirer confiance dans l'honorabilité du gouvernemen de notre pays, quel que soit le parti qui soit à la tête de ses affaires. Nous som mes appelés à décider SI NOUS VOU LONS QUE NOS INSTITUTIONS SOIENT RESPECTEES dans leur es prit, ou si elles peuvent à chaque ins tant être violées pour SERVIR LES FINS DE POLITICIENS DE DIXIE ME ORDRE.

J. ISRAEL TARTE."

Oui, ce nombre d'hommes loyaux et justes s'est trouvé, cette décision a été prise, aux Communes, en faveur du res pect de nos institutions ; mais M. Tarte n'en était point : il s'y opposait, en com pagnie de M. Laurier, de vingt-quatre libéraux-français de Québec, et de tou les "grits" de la Puissance, avec quel ques "tories" fanatiques en plus. Ce gens-là ont préféré voter pour que no institutions nationales fussent violées pour mieux "servir les fins de politi ciens de dixième ordre : eux-mêmes et leurs dignes alliés, les Greenway, Sif ton, etc.

——

Parmi les anti-patriotes, mauvais cou cheurs, qui viennent de poursuivre, à Ot tawa, la funeste besogne d'obstruction que l'on sait, pour empêcher le bill répa rateur de devenir loi du pays, au plu grand détriment de la minorité manito baine, M. J. Israël Tarte, "le cher lieu tenant et ami" de M. Laurier, se distin guait au premier rang.

Pour rappeler comme cet homme est sincère, comme il est franc et magnani me, réimprimons ce qu'il écrivait dans le "Canadien" du 13 avril 1885, afin d

flétrir cette odieuse et infâme tactiqu de l'obstruction par une opposition dé loyale.

"REGRETTABLE TACTIQUE"

"La Gazette de Montréal" publie su la politique d'obstruction mise en prati que à Ottawa par M. Blake et ses amis un article très calme demandant des me sures pour protéger la liberté der délibé rations.

"Nos lecteurs connaissent nos opinions sur ce qui se passe en ce moment dans la Chambre des Communes : l'OPPOSI TION COMMET UNE FAUTE CONSI DERABLE, ELLE PRECHE CONTRE LES INSTITUTIONS DU PAYS, ELLE LES TOURNE EN DERISION.

"Un parti ne tire jamais d'avantages de choses qu'il ne doit pas faire.

"SI LE PRECEDENT QUE POSE M. BLAKE ETAIT IMITE, QUE FAU DRAIT-IL ATTENDRE DU REGIME PARLEMENTAIRE ?

"QUELQUES HOMMES COALISES SERAIENT EN ETAT D'ARRETER LE COURS DES PLUS IMPORTAN TES LEGISLATIONS, DE SUSPEN DRE LES PLUS PRESSANTES AF FAIRES.

"Nous espérons que l'opposition re noncera à la manoeuvre dans laquelle elle s'est laissé entraîner. Elle abhorre le bill de franchise : c'est son droit.

Mais ce projet de loi tombe dans la "catégorie" des "actes" parlementaires qu'un gouvernement a le droit d'accom plir ; il doit donc être traité comme tel c'est-à-dire, comme un acte de législa tion constitutionnelle.

"Qu'aux Communes, au Sénat, l'oppo sition donne tous les arguments qui peu vent militer contre le bill ; l'opposition jugera.

"MAIS SE JOUER DES INSTITU

TIONS PARLEMENTAIRES, C'EST
ALLER PLUS LOIN QUE LES HOM-
MES ECLAIRES DE TOUS LES PAR-
TIS PEUVENT TOLERER."

———

Avant d'en venir soudain à voter, avec
tous ses collègues rouges, pour sacrifier
la minorité manitobaine, en l'abandon·
nant à la discrétion d'une majorité hostile, M. Tarte était prêt à tout risquer
pour forcer le pouvoir central à
intervenir. Toute la presse libé-
rale, du reste, faisait chorus pour
provoquer cette intervention, quand elle
croyait pouvoir ainsi mieux embarrasser
le gouvernement. Elle a bien modifié ses
idées depuis lors.

Voici comment s'exprimait M. Tarte
à ce sujet, dans le 'Canadien" du 30
novembre 1892, dans un article intitulé :
"Caveant Consules :"

"La cour suprème a décrété d'invali-
dité la loi des Ecoles, et cette décision a
pour nous, Canadiens, autant de valeur
juridique que celle du comité judiciair
en Angleterre. Le moins qu'on puisse

dire, et nous ne le supposons que pour
le besoin de l'argument, c'est qu'il y a
doute en faveur de la minorité, et un
doute raisonnable dont elle doit avoir le
bénéfice. CE BENEFICE C'EST L'IN-
TERVENTION DU CONSEIL PRIVE
DU CANADA, ET SA DECISION, non
sur la constitutionnalité de la loi, mai
uniquement sur son injustice. La bonne
foi peut être violée par une loi constitutionnelle ; la paix et l'harmonie entre
les sujets Canadiens peuvent être mises
en danger par une loi que les tribunaux
trouvent valide. C'EST ALORS LE
DROIT ET MEME LE DEVOIR DU
CONSEIL PRIVE d'écouter la plainte
des opprimés, DE LEUR RENDRE
JUSTICE, ET D'ASSURER LA PAIX
ET L'HARMONIE MISES EN DAN
GER.

"PAS DE LACHETE, PAS DE COM
PROMIS ; justice, rien que la justice
mais toute la justice."

M. Tarte semblait d'avance flétrir, par
cette dernière phrase, la conduite qu'il
devait lui-même tenir, dans la suite, en
compagnie de M. Laurier, et de tous les
rouges "moins sept."

PROTECTION.

Sur le chapitre économique, M. Tarte, attelé au char libre-échangiste de MM. Cartwright et Laurier, n'en est pas moins éloigné des doctrines qu'il professait naguère.

Comparons avec le Tarte du libre-change, avec le Tarte du tarif de revenu, le Tarte qui écrivait les graves choses suivantes, dans le "Canadien" du 15 août 1878.

A PROPOS DE TARIF

Le 26 mars 1879, le "Canadien" exposait comme suit les impossibilités du libre-échange :

"Comment l'économiste canadien "peut-il poser le libre-échange comme "un principe inaltérable, lorsque ses "produits sont frappés d'un tarif prohi- "bitif sur plus de 3,000 milles de ses "frontières ?

"Echanger ses denrées contre celles "de son voisin serait peut-être très avan- "tageux pour lui ; mais si ce voisin ne "veut pas se prêter à l'échange, doit-il "persister dans une libéralité dont il fait "tous les frais ?

"Nous croyons qu'un tarif protecteur "est généralement nécessaire pour un "jeune pays comme le Canada : mais il "l'est doublement dans les conditions "comme celles dont nous venons de "constater l'existence.

"Si, maintenant, on ajoute que le ré- "cent remaniement du tarif canadien "continue d'admettre en franchise les "matières premières nécessaires aux "manufactures, on verra qu'il y a lieu "d'en espérer des résultats de la plus "haute importance pour l'industrie et la "prospérité du pays."

"RESULTAT D'UNE POLITIQUE DE PROTECTION

"Les Etats-Unis ont une politique de protection depuis grand nombre d'an- nées.

"Le 1er juillet 1806, la dette publique de ce pays était de $2,773,236,000.

"Le 1er juillet 1878, cette dette était de $2,278,717,000, diminution de $494,- 519,000, près d'un tiers de milliard.

"Au Canada, les libéraux nous ont im- posé le libre-échange.

"Voyons quel est le résultat.

"En 1873, la dette du Canada était de $99,000,000 ; elle est maintenant, en 1878, de $133,000,000.

"Les rouges disent que la politique nationale de protection des conserva- teurs est ruineuse.

"Nous aimerions bien à voir lequel des deux pays, du Canada ou des Etats- Unis, est plus en état de faire face à ses obligations.

"Pendant que les Américains, avec

icur système de protection, paient leur dette, nous, en Canada, nous nous endettons."

Et dans le "Canadien", du 16 août 1878 :

RENDEZ COMPTE DE VOS MERVEILLES, M. LAURIER

"C'est ce qu'il importe aux électeurs "de connaître.

"Vous aviez promis mer et monde. "Avez-vous tenu parole ?

"Ne savez-vous pas que grand nom"bre de ces ouvriers, dont vous avez "obtenu les suffrages, sont sans travail, "leur famille, sans pain ? Dites-leur "donc ce que vous avez fait pour eux.

"C'est ce qui vous embarasse, n'est-ce pas ?"

Puis encore le lendemain :

LES FRUITS DE L'ADMINISTRATION LIBERALE

"En voici l'énumération :

"Augmentation de la dette
"au montant de........ $43,000,000
"Augmentation des taxes... 3,500,000
"Gaspillage..... 2,000,000

par l'extravagance de l'achat des lisses d'acier, et les jobs Foster, de la Kaministiquia, des écluses de fort Francis, du hâvre de Goderich, l'industrie ruinée, les manufactures fermées, le peuple sans ouvrage, la misère partout et le gouvernement demande encore au peuple de le laisser au pouvoir ?"

Notons bien qu'au moment où M. Tarte écrivait ces choses, si justes et si vraies, on n'était encore qu'à la veille du fameux coup de balai de septembre 1878, qui emporta le cabinet McKenzie, M. Laurier inclus. C'est de ce gouvernement déprédateur que parlait M. Tarte.

Ces dénonciations puissantes du "cher lieutenant", auquel M. Laurier confie aujourd'hui le soin de sa fortune politique, n'ont pas besoin d'autres commentaires....

"PROTECTION ET LIBRE-ECHANGE"

"Nous avons dit que les électeurs de "la Puissance auront surtout à se pro"noncer aux prochaines élections fédé"rales, sur la politique fiscale la plus "propre à favoriser les intérêts généraux "du pays.

"La question n'est pas nouvelle puis"qu'à chaque session, depuis 1870, elle "a été longuement et savamment discu"tée par la presse du pays......

"Les libéraux de la province de Qué"bec, aujourd'hui les adversaires de la "protection, ont été naguère les premiers "à insister pour la faire adopter par le "gouvernement canadien et ils la récla"maient à l'époque où le Canada en "avait moins besoin parce qu'il faisait "alors de rapides et d'étonnants pro"grès.

"Ils ne souffraient pas de concurrence "à sacrifice des produits américains.

"L'ouvrage était abondant dans tous "les grands centres.

"Notre population vivait heureuse et "dans l'aisance.

"Nous sommes dans une bonne posi"tion pour combattre les libéraux.

"Nous pouvons leur dire avec preuve "à l'appui de notre assertion :

"Cette politique protectionniste que "nous conseillons au peuple de favoriser "parce qu'il peut en attendre les meil"leurs fruits, vous l'avez voulu comme "vous l'avez suggérée et défendue lors"que le pays était riche......Pourquoi "y êtes-vous hostiles maintenant que le "peuple est pauvre et ruiné ? Vous di"siez à l'ouvrier qu'elle était son salut

"lorsqu'il avait du pain sur sa table pour
"ses afants ; pourquoi lui dites-vous le
"contraire aujourd'hui qu'il voit la hi-
"deuse misère assise menaçante et ter-
"rible à son foyer ?

"Les libéraux étaient, il n'y a pas
"longtemps encore, les partisans de la
"protection. Le fait est certain et indé-
"niable.

"N'est-ce pas dans cette ville de Qué-
"bec, à la salle de musique, que l'on
"rédigeait, en 1872, les articles du fa-
"meux programme avec lequel l'on vou-
"lait évidemment tromper le peuple aux
"élections de l'été suivant.

"Pour donner suite aux idées protec-
"tionnistes les fondateurs du soi-disant
"parti national, l'on insérait dans le pro
"gramme les lignes suivantes :

"OBTENTION DU DROIT AB-
"SOLU DE REGLER NOUS-MEMES
"NOS RELATIONS COMMERCIA-
"LES AVEC LES AUTRES PAYS."

"Pendant vingt ans les libéraux ont
"dit qu'il fallait imiter les Etats-Unis
"pour prospérer et protéger nos indus-
"tries.

"Ils vous vantait alors la politique
"fiscale des Etats-Unis et leurs manu-
"factures, asiles de travail pour des
"milliers d'ouvriers.

"EN 1871, M. LAURIER ETAIT UN
"ARDENT PROTECTIONNISTE. Elu
"député à l'Assemblée législative de
"Québec, voici ses paroles :

"Ils nous disent que nous sommes ri
"ches et prospères."

"Est-ce réellement le cas ? Chez tou-
"tes les classes de la société, le mar-
"chand, le banquier, le commerçant, les
"membres des professions libérales, les
"agriculteurs, le simple artisan et par-
"tout sans exception, vous découvrirez
"un malaise indescriptible, un état de

"langueur et de souffrance qui prouve
"qu'il y a un manque quelque part.

"La principale cause des maux dont
"nous souffrons est que, jusqu'à présent,
"la protection du pays n'a pas été égale
"à sa consommation.

"Il est humiliant d'admettre, qu'après
"trois siècles d'existence, ce pays ne
"pourvoit pas encore à ses propres be
"soins ; quoique la nature se soit mon-
"trée prodigue de ses dons pour en faire
"un pays manufacturier. Il doit tirer
"encore sa consommation des marchés
"étrangers.

"C'EST NOTRE DEVOIR SPECIAL
"LE DESIR DE CEUX D'ENTRE
"NOUS QUI SONT CANADIENS-
"FRANCAIS DE CREER UNE INDUS-
"TRIE NATIONALE."

J. ISRAEL TARTE.

C'est toujours le "Canadien" qui disait, le 8 août 1878 :

"LE PARTI LIBERAL DE QUE-
BEC, NE RECULE DEVANT AUCUN
MOYEN POUR SE FAIRE DE LA
POPULARITE.

"LE REFUS DE M. McKENZIE ET
DE SES PARTISANS AVEUGLES DE
DONNER LA PROTECTION A NO-
TRE AGRICULTURE, A NOTRE IN-
DUSTRIE, A NOS MANUFACTURES,
LAISSE DANS LA MISERE DES MIL-
LIERS D'OUVRIERS qui sont obligés
d'accepter du travail à un prix trop peu
élevé pour faire vivre leur famille. Un
grand nombre même ne peuvent se pro-
curer d'ouvrage du tout."

Et encore le "Canadien" le 12 août
1878 :

"M. LAURIER dit de plus : si l'on se
place au point de vue que le libre-échange doit être la politique finale d'une nation, ON NE PEUT NIER QUE LA
PROTECTION SOIT NECESSAIRE A

UNE NATION AFIN QUE SES RES-
SOURCES PUISSENT ATTEINDRE
LEUR PLEIN DEVELOPPEMENT.

MALGRE CET AVEU IL A VOTE
POUR LA REFUSER AU PEU-
PLE DU CANADA

"Il ajouta ; si j'étais en Angleterre, je
m'avouerais libre-échangiste ; mais je
suis Canadien, né et résidant ici, et JE
CROIS QUE NOUS AVONS BESOIN
DE LA PROTECTION."

Duplicité du rougisme

Comme il pourrait et devrait encore
le faire aujourd'hui, s'il n'avait pas
honteusement trahi son drapeau, M.
Tarte, dans son "Canadien", du 10 jan-
vier 1881, posait ainsi des

"QUESTIONS AUX CHEFS LIBE-
RAUX

"N'est-il pas vrai que vous avez affirmé en 1871 et 1872, que l'acquisition du
Nord-Ouest avec l'obligation de construire un chemin de fer du Pacifique
était une faute énorme, parce que les
terres de l'Ouest avaient peu ou point
de valeur ?

"N'est-il pas vrai que vous avez attri-
bué l'insuccès de la compagnie dont sir
Hugh Allan était le chef, à l'insuffisance de la subvention de $30,000,000 et de
la concession de 50,000,000 d'acres de
terre ?

"N'est-il pas vrai qu'au mois de jan-
vier 1874, quelques jours avant les
élections générales, M. McKenzie dé-
clara dans un discours-programme que
son gouvernement allait construire le
chemin de fer du Pacifique, sans s'occuper de ce que les chefs libéraux et
lui-même avaient dit à propos de l'extravagance de l'entreprise ?

"N'est-il pas vrai que pendant la cam-
pagne de 1874, M. McKenzie fit adopter
une loi l'autorisant à accorder une subvention de $10,000 par mille, une con-
cession de terres de $55,000,000, plus
l'intérêt à 4 p.c., pendant 25 ans sur une
somme additionnelle de plusieurs mille
piastres par mille, à une compagnie qui
se chargerait de construire le chemin ?

"N'est-il pas vrai que plus tard, M.
McKenzie demandait des souscriptions
pour la construction du chemin aux conditions mentionnées plus haut ?

"N'est-il pas vrai que suivant le projet de M. McKenzie et d'après l'évalua-
tion actuellement faite par M. Blake,
M. Laurier et consorts, le chemin du
Pacifique aurait coûté :

$10,000 par mille (2837 milles)	$ 28,000,000
Intérêt à 4 p. c., pendant 25 ans sur $7,500 par mille.	21,277,500
56,740,100 acres de terre à $3 l'acre, (évaluation de M. Laurier)	170,220,300
	$219,867,800

"N'est-il pas vrai que M. McKenzie
s'est engagé avec lord Carnavon, le secrétaire des colonies, à terminer le chemin, de la tête du lac Supérieur à l'o-
céan Pacifique, y compris le chemin
d'Esquimalt à Nanaïmo en 1890 ?

"N'est-il pas vrai que pendant les cinq
années du gouvernement de M. McKenzie, pas un des chefs libéraux n'a une
seule fois proposé la construction de
l'embranchement du Sault Ste-Marie ?

"N'est-il pas vrai que M. McKenzie
a commencé comme travaux du gouvernement la section du chemin du Fort
William à Selkirk, sans s'occuper de
la construction immédiate d'une partie

de la section à l'ouest de Winnipeg à travers la prairie ?

"N'est-il pas vrai que M. McKenzie a donné des contrats pour les deux extrémités de la section du Fort William à Selkirk sans s'occuper de la partie centrale nécessaire pour relier les deux bouts ?

"N'est-il pas également vrai que M. Blake, le nouveau chef de l'opposition porte l'entière responsabilité de la politique du parti libéral au sujet du Pacifique ?

"N'est-il pas vrai que le printemps dernier M. Blake était d'opinion que le gouvernement ne percevrait que peu d'argent de la vente des terres du Nord-Ouest, et qu'il est aujourd'hui très inconséquent de sa part de prétendre que le syndicat a tiré des douzaines de millions des 25 millions d'acres qu'ils lui ont concédés ?

"N'est-il pas vrai qu'avec votre organe le "Globe", vous avez prétendu que livrer le trafic du Nord-Ouest aux compagnies américaines serait une trahison envers le Canada et envers le lien colonial ?

AVANT QUE LE PUBLIC PUISSE SERIEUSEMENT CROIRE A LA SINCERITE DES CHEFS LIBERAUX dans l'opposition qu'ils font au Pacifique, IL FAUT DE TOUTE NECESSITE QU'ILS DETRUISENT LEURS ANTECEDENTS énumérés dans les questions qui précèdent ?

Non, ILS NE SONT PAS DE BONNE FOI.

"Non, ILS NE SONT PAS SINCERES.

"Non, ILS NE CROIENT PAS EUX-MEMES A CE QU'ILS VEULENT FAIRE GOBER AU PUBLIC.

"Oui, ILS SAVENT QUE LEURS CALCULS SONT FAUX.

"Oui, ILS SAVENT QUE LEURS ALARMES SONT FEINTES.

"Oui, ILS SAVENT QUE LEURS DENONCIATIONS SONT VAINES, leurs objections aux contrats pour la plupart sans fondement sérieux, QUELQUES-UNES D'UNE ETONNANTE ABSURDITE.

"J. ISRAEL TARTE."

La ruine du Canada par lse liberaux

Un poète célèbre a dit quelque part que les chiffres sont éloquents. Certes, il avait raison, car rien de positif comme les chiffres.

Si Lamartine était encore de ce monde, il admettrait avec nous que si les chiffres ont été encourageants sous le régime des conservateurs en Canada, depuis l'ère de la Confédération, d'un autre côté il dirait qu'ils ont été terribles sous le régime des libéraux à Ottawa.

Voici d'ailleurs l'historique financier du Canada sous les deux régimes, de 1868 à 1879 :

EXCEDANT en caisse sous le régime conservateur :

1868	$ 201,900
1869	341,000
1870	1,166,500
1871	3,712,600
1872	3,125,300
1873	1,638,900
	$10,186,200

Déficits sous le régime dit réformiste :

1876	$1,900,800
1877	1,460,000
1878	1,120,100
1879	2,400,000
	$6,880,900

Nous dirons donc avec un de nos confrères que ces chiffres sont assez éloquents pour nous dispenser de faire aucun commentaire.

Ajoutons qu'ils ont imposé des taxes au montant de trois millions, tel que constaté par les livres du budget.

J. ISRAEL TARTE.

[Du *Canadien*, 26 mars 1879].